Alma Flor Ada  F. Isabel Campoy

Celebra el
Cuatro de Julio
con Campeón, el glotón

Ilustrado por **Gustavo Mazali**

ALFAGUARA

—¡Vamos de picnic! —dice la madre.

—¿Qué vamos a llevar de merienda? —pregunta Leonor.

—Yo quiero perros calientes —pide Tomás.

—Yo quiero hamburguesa —pide Andrés.

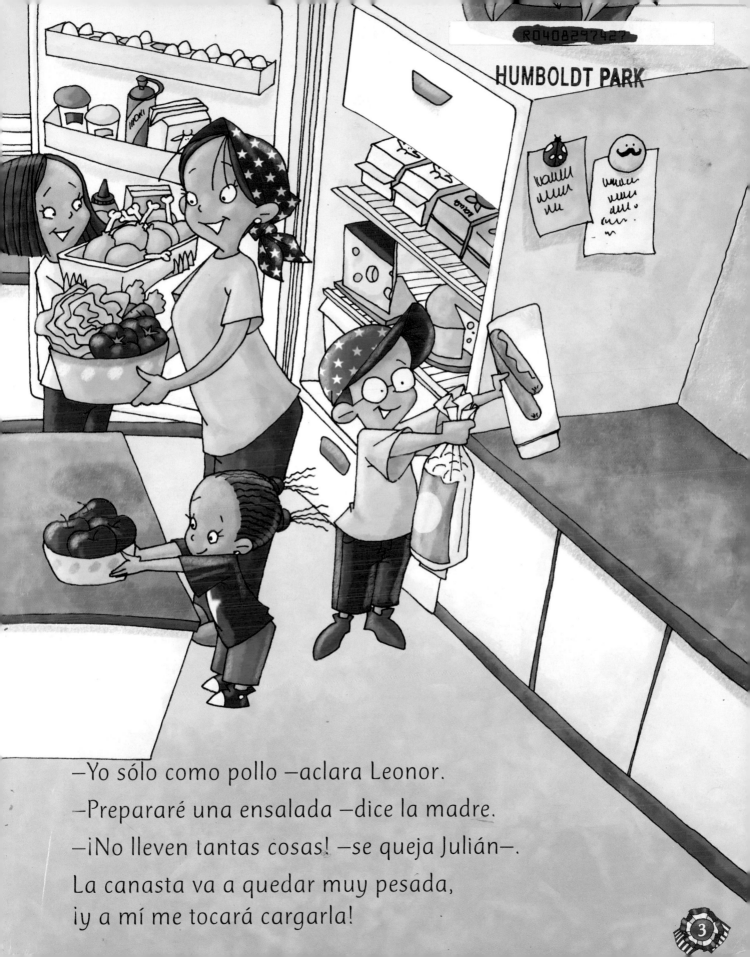

—Yo sólo como pollo —aclara Leonor.

—Prepararé una ensalada —dice la madre.

—¡No lleven tantas cosas! —se queja Julián—.

La canasta va a quedar muy pesada,
¡y a mí me tocará cargarla!

—Jugaremos al béisbol —dice Andrés—.
¿Dónde está el bate?

—Jugaremos al fútbol —dice Tomás—.
¿Dónde está el balón?

—Jugaremos al voleibol —dice Leonor—.
¿Dónde está la red?

—¿Dónde está Campeón?

¡No podemos ir sin Campeón! —dice Anita.

—No vamos a llevar al perro —advierte Julián—.

Seguro que se escapa, ¡y a mí me tocará buscarlo!

—¡Cuánto pesa esta canasta! —dice Julián—.
Por lo menos no tengo que correr detrás de Campeón.
—No hay niños por aquí —se queja Leonor.
—No se puede jugar al béisbol —se queja Andrés.
—Ni al fútbol —se queja Tomás.

—Y yo extraño mucho a Campeón —se queja Anita.

—Vamos a dar un paseo a ver si encontramos
a alguien —propone la madre.

Pero, ¿qué sale de la canasta?

Un hocico gracioso.

¿Y de quién puede ser?

De un perro cariñoso.

¡Sírvanse amigos!
Hay salchichas sabrosas,
ricas piernas de pollo
y hamburguesas jugosas.

—Coman de nuestro sushi.

—Aquí hay falafel y hummus.

—¡Y mucho pollo frito!

Las familias disfrutan de una gran variedad de comidas sabrosas, ¡y en buena cantidad!

Y con tantos amigos
los niños saltan
y disfrutan y ríen,
juegan y cantan.

—Aunque seas un glotón,
¡te quiero mucho, Campeón! —dice Anita.

¿Qué es el Cuatro de Julio?

17

El 4 de julio

es el cumpleaños de Estados Unidos.
Los estadounidenses celebran este día
con una gran fiesta.

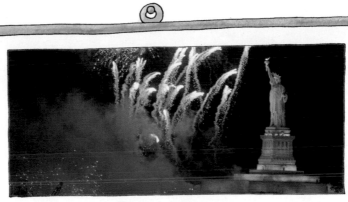

Julio

						1
2	3	④	5	6	7	8
9	10	11	12	13	14	15
16	17	18	19	20	21	22
23	24	25	26	27	28	29
30	31					

Cuando Estados Unidos se formó, apenas tenía 13 estados. Al comienzo se llamaban "colonias" y eran gobernadas por otro país: Inglaterra.

En 1776, hace muchos, muchos años, las 13 colonias decidieron separarse de Inglaterra. Escribieron sus deseos en un papel que luego se llamó "la Declaración de Independencia". El 4 de julio de ese año, un grupo de personas de las colonias firmaron la Declaración de Independencia.

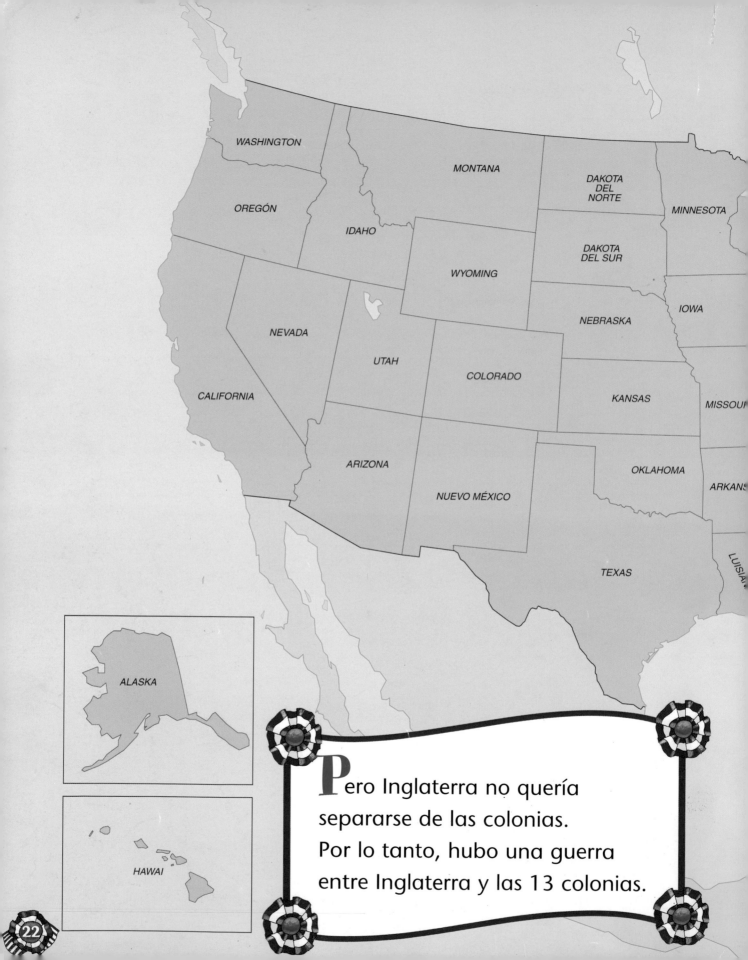

WASHINGTON

MONTANA

DAKOTA DEL NORTE

MINNESOTA

OREGÓN

IDAHO

DAKOTA DEL SUR

WYOMING

IOWA

NEVADA

NEBRASKA

UTAH

COLORADO

CALIFORNIA

KANSAS

MISSOURI

ARIZONA

OKLAHOMA

ARKANSAS

NUEVO MÉXICO

TEXAS

LUISIANA

ALASKA

HAWAI

Pero Inglaterra no quería separarse de las colonias. Por lo tanto, hubo una guerra entre Inglaterra y las 13 colonias.

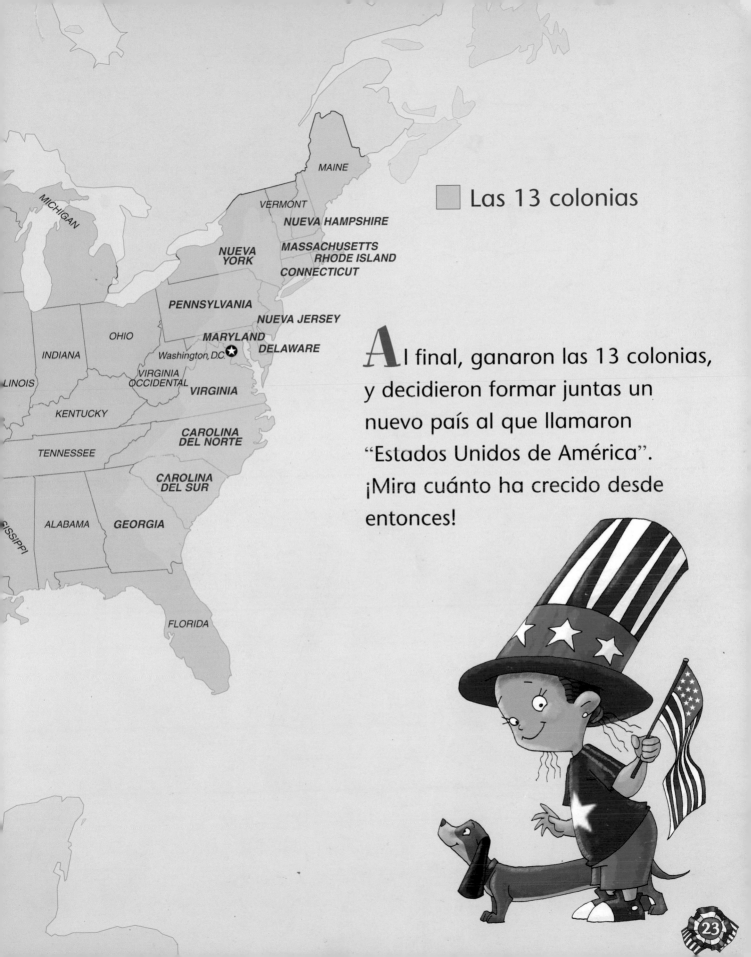

Las 13 colonias

MAINE

MICHIGAN

VERMONT

NUEVA HAMPSHIRE

NUEVA YORK

MASSACHUSETTS
RHODE ISLAND
CONNECTICUT

PENNSYLVANIA

NUEVA JERSEY

OHIO

MARYLAND

INDIANA

DELAWARE

Washington, D.C.

LINOIS

VIRGINIA
OCCIDENTAL

VIRGINIA

KENTUCKY

CAROLINA
DEL NORTE

TENNESSEE

CAROLINA
DEL SUR

SISSIPPI

ALABAMA

GEORGIA

FLORIDA

Al final, ganaron las 13 colonias, y decidieron formar juntas un nuevo país al que llamaron "Estados Unidos de América". ¡Mira cuánto ha crecido desde entonces!

23

El Cuatro de Julio o Día de la Independencia es una fiesta tan importante que la mayoría de la gente no trabaja. Muchos ponen en su casa la bandera de Estados Unidos y hacen algo especial para celebrar.

Como este día cae en verano, la mayoría de las actividades se hacen al aire libre y son muy divertidas. Muchas familias van de día de campo o hacen una barbacoa en casa con sus parientes y amigos.

En varias ciudades se hacen desfiles. Las calles se llenan de gente. Marchan bandas, soldados, bomberos, policías, autos antiguos o raros, caballos, gente disfrazada y muchos más. ¡Cada ciudad hace su desfile a su manera!

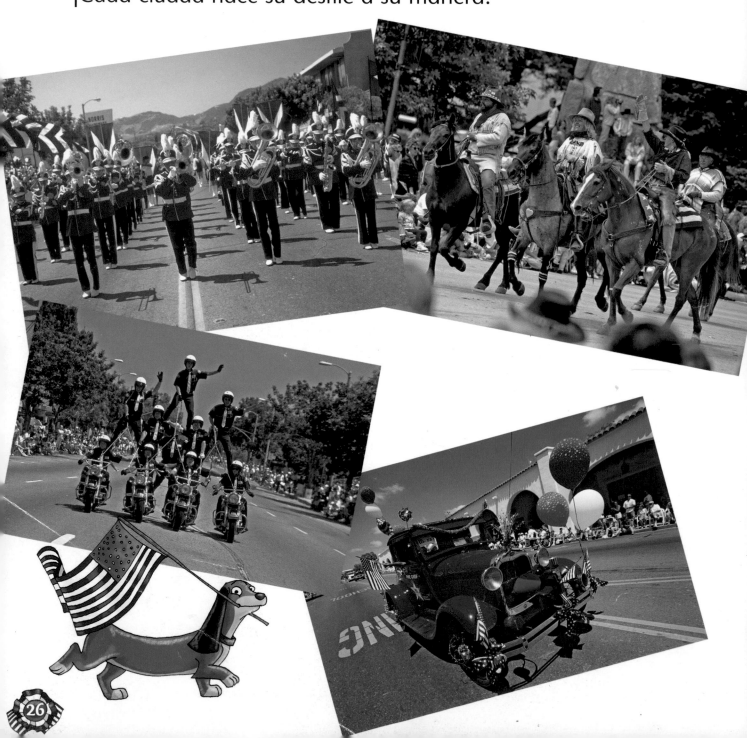

El desfile de Washington, DC, la capital del país, es uno de los más famosos. Hay bandas, soldados, carrozas, artistas y globos gigantes. La celebración termina con magníficos fuegos artificiales. ¡El 4 de julio es un día fabuloso!